FÁBULAS DE ANIMALES

susaeta

Nancy A.F.

FÁBULAS DE ANIMALES

susaeta

El labrador y el tesoro escondido

Un anciano labrador, viendo próximo el fin de sus días, llamó a sus dos hijos junto a su cama...

–Hijos míos: antes de morir quiero dejaros por herencia mi campo. Deseo que lo sigáis cultivando, pues en él encontraréis un gran tesoro.

Creyendo los hijos que se trataba de algún dinero enterrado por su padre, que siempre fue muy ahorrativo y previsor, cogieron los aparejos de labranza y fueron al campo dispuestos a encontrar el tesoro escondido.

Después de mucho cavar la tierra palmo a palmo y extenuados por el cansancio no encontraron tesoro alguno; pero dejaron la tierra perfectamente removida y aireada.

Pasado el tiempo, la tierra les proporcionó una copiosísima cosecha. Los dos hermanos comprendieron que ése era el tesoro al que se refería su padre. Justa recompensa a su trabajo y sacrificio.

El pastor mentiroso

Había una vez un pastorcillo que se aburría terriblemente cuidando de sus ovejas. Deseando divertirse a costa de los demás se le ocurrió una idea.

Un buen día se puso a gritar con todas sus fuerzas:
–¡El lobo! ¡El lobo! ¡Socorro, que viene el lobo y me come las ovejas! ¡Ayuda!
Unos campesinos que trabajaban sus tierras cerca de allí, al oírle, dejaron sus tareas y acudieron en auxilio del pastor.

Cuando los labradores acudieron armados con sus azadas dispuestos a defender al muchacho y al rebaño, se encontraron al pastor tronchándose de risa, pues era todo una mentira.

Los labradores muy enfadados volvieron a sus tareas. El pastorcillo repitió la broma varias veces y los labradores siguieron acudiendo en su ayuda cada vez más enfadados.

Pocos días más tarde, se presentó de verdad un feroz lobo y comenzó a devorar uno a uno todos los corderos del rebaño.

–¡Socorro! ¡El lobo! ¡El lobo! ¡Auxilio! –gritaba el pastor lleno de espanto. Esta vez, sin embargo, creyendo que se trataba de otra broma, no acudieron en su ayuda los labradores. Por mentiroso, el pastorcillo se quedó sin ninguna oveja.

El zorro y las uvas

Caminaba un zorro hambriento buscando algo que comer, y al ver en un huerto una hermosa parra de racimos grandes y maduros, se le hizo la boca agua.

Ni corto ni perezoso el astuto zorro se fabricó
una escalera con la que saltar la tapia,
pensando en el banquete de hermosas uvas
que se iba a dar:
—¡Me las como todas!
—se decía mientras se relamía de gusto.

Pero al otro lado de la tapia se encontró con una sorpresa. Cuidando el huerto había un perro con cara de malas pulgas dispuesto a no permitir que nadie, y mucho menos un zorro cualquiera, se atreviese a tocar ni una uva.

Después de algún que otro mordisco, carrera, golpe, etc., el zorro consiguió librarse del feroz perro y ponerse a salvo. Con todo el orgullo que le permitía su lamentable aspecto exclamó:
–¡Bah! Prefiero no comerlas, todavía no están maduras.

La gallina de los huevos de oro

Había una vez un granjero que tenía
en su corral una gallina prodigiosa.
En vez de poner huevos normales
ponía huevos de oro macizo.

Todas las semanas, el granjero iba al mercado del pueblo a vender a buen precio los huevos que ponía la gallina. Poco a poco el granjero se estaba haciendo rico.

Pero un día al granjero se le vino a la cabeza una mala idea:

—¿Por qué tengo que esperar tanto tiempo para hacerme rico? Seguramente la gallina tiene dentro un mecanismo con el que fabrica los huevos. Si lo consigo podré hacer montones de huevos en un solo día y en poco tiempo seré inmensamente rico.

El ambicioso granjero mató a la gallina, comprobando que por dentro era como todas las demás. Y entonces comprendió el gran error que había cometido.

—¡Qué tonto he sido! —se lamentaba—. Por ambicioso he perdido la gallina de los huevos de oro.

El zorro y el cuervo

Un cuervo saltaba de contento en la rama de un árbol. Había robado un gran trozo de queso y se disponía a dar buena cuenta de él.

A punto de darse un suculento banquete estaba el cuervo, cuando apareció por allí un astuto zorro al que se le hizo la boca agua al ver el sabroso trozo de queso. Dispuesto el zorro a zamparse el queso, comenzó a adularlo:

–La verdad, hermano cuervo –dijo el zorro–, es que eres un pájaro muy hermoso y tus plumas son las más brillantes. ¡Qué lástima que tu voz sea tan espantosa!

–¿Espantosa mi voz? –replicó el cuervo–.
¡Ahora verás quién soy yo cantando!

Y, queriendo demostrar al astuto zorro lo bien que cantaba, abrió el pico para graznar, y dejó caer el rico queso.

El zorro, que era lo que deseaba, se llevó el rico manjar dejando al vanidoso cuervo con la lección bien aprendida: «no hay que hacer caso de los halagos gratuitos».

Los caminantes

Se cuenta que dos amigos caminaban juntos en buen amor y compañía.

Uno de ellos tropezó en el camino con una gran bolsa de monedas de oro.

—¡Qué suerte hemos tenido! —exclamó el otro—. Con todo ese oro seremos ricos.

—¡De eso nada! ¡Seré rico yo! —dijo el primero—, que he sido quien ha encontrado la bolsa.

El compañero no dijo nada, y siguieron el viaje.
Pero un poco más adelante vieron a una partida de
salteadores de caminos que acechaban
tras los árboles.

—¡Estamos perdidos!
—gritó el que había
encontrado la bolsa—.
¡Nos robarán el oro!
—Te robarán a ti, que eres
el dueño del oro
—repuso el otro—.
Yo no tengo
nada.

Y así fue. Los ladrones le robaron el oro, y de paso le propinaron una buena paliza por oponer resistencia. No hay que ser egoísta y es bueno compartir todo lo que se tenga.

El burrito descontento

Durante los días fríos del invierno un burrito recordaba la primavera, cuando los prados se cubren de fresca hierba y el sol calienta los campos.

Como todo llega, la primavera también lo hizo, y hubo en los campos hierba abundante y fresca. Pero el burrito tuvo que trabajar el doble ayudando a su amo, y no tardó en anhelar la llegada del caluroso verano.

Cuando esto sucedió trabajó el pequeño burrito todavía más, pues en verano hay que transportar el heno y las hortalizas bajo un intenso calor. «Habrá que esperar la llegada del otoño», pensó el burrito.

Llegó el otoño, y fue su obligación acarrear la leña. Trabajó el burrito más que nunca.

—¡Prefiero el invierno mil veces! —exclamó el burrito—. Aunque la hierba no sea fresca y haga frío, por lo menos podré descansar tumbado todo el día en el establo.

El lobo y la cigüeña

A cierto lobo muy glotón, un día que se daba uno de sus acostumbrados banquetes, se le atravesó un hueso en la garganta, y por más que lo intentaba no conseguía librarse de semejante problema.

Pasaba por allí una cigüeña y el lobo le rogó que se lo sacara.

–Oye –le dijo–, tú que tienes un pico tan largo, bien podrías quitarme este hueso que me está ahogando. Hazlo, por favor, que yo te recompensaré espléndidamente por ello.

Compadecida por el problema del lobo, y creyendo en sus promesas, la cigüeña extrajo el hueso con gran facilidad. El lobo quedó satisfecho al librarse de semejante dolor.

La cigüeña le pidió al lobo la recompensa que le había prometido, a lo que el lobo contestó:

—¡Qué tonta eres! Después de haber tenido tu cabeza entre mis dientes, ¿todavía me pides más premio que el de haberte perdonado la vida? Los malvados y desagradecidos no merecen tener amigos.

56

La liebre y el zorro

Un día en que un zorro dormitaba a la sombra de un árbol, se le acercó una curiosa liebre.

–¿Podrías decirme si ganas mucho con tus correrías y por qué te llaman astuto?

–¿No lo sabes? –preguntó a su vez el zorro.

–No; no lo sé. Por eso te lo pregunto.

–Pues bien. Puesto que no sabes qué provecho saco de mis correrías ni por qué me llaman astuto, ven a mi casa y cenamos juntos.

Aceptó la liebre la invitación. Y cuando estaban en la casa del zorro, la liebre preguntó qué había de comida. El zorro le contestó:

–Aquí la única comida que hay eres tú, y me la voy a comer yo ahora mismo.

59

La liebre salió disparada por la ventana, dejando al zorro sin cena.

–Ahora sé –gritó la veloz liebre– de dónde te viene la fama: de tus mentiras.

La liebre comprendió que la curiosidad puede traer malas consecuencias.

El burrito y el buey

Un asno que descansaba plácidamente preguntó a un buey:

—¿Tú no te cansas de tanto trabajar?

—¡No! —respondió éste—. Es mi trabajo y aunque quisiera no podría dejar de hacerlo.

—¡Qué tonto eres! —dijo el burrito—. Yo cuando quiero descansar me hago el enfermo y el amo busca otro para trabajar.

Al día siguiente el asno aconsejó al buey que fingiera
estar enfermo para que no le llevasen a trabajar.
Cuando llegó el amo y vio al buey moribundo se dijo:
–Este animal está enfermo y no puede trabajar.
Llevaré al burro en su lugar.
El amo se llevó al burrito al campo y le tuvo todo el
día arando sin descanso.

Por la noche, cuando llegó el burrito al establo el pobre animal no se tenía en pie.

–¿Qué tal te ha ido? –le preguntó el buey.

–¡Muy mal, chico! –respondió el burro–, me arrepiento de haberte aconsejado que no trabajases porque yo trabajé por ti.

Desde entonces, el burrito nunca más eludió el trabajo, ni dio malos consejos.

El Viento y el Sol

Una vez, el Viento del Norte y el Sol discutían acaloradamente.
–¡Yo soy más fuerte que tú! –dijo el Viento del Norte.
–¡Ja, ja, ja! ¡No lo eres! ¡El más fuerte soy yo! –dijo el Sol.

En esta polémica estaban los dos cuando vieron por el camino un solitario viajero.

—¿Ves a aquel hombre que lleva puesta una capa? —dijo el Viento—. Pues bien, quien consiga arrebatársela será el más fuerte.

—¡De acuerdo! —respondió el Sol.

El Viento del Norte sopló con todas sus fuerzas, produciendo un huracán. Entonces, el caminante, para protegerse de él se abrigó mejor, sujetando bien la capa con su mano.

Derrotado el Viento, dejó de soplar dándose por vencido.

–¡Si yo no he podido, tú tampoco lo conseguirás! –gruñó el Viento del Norte.

Sin hacer caso, el Sol comenzó a enviar sus calurosos rayos sobre el viajero. Al poco, el caminante comenzó a sudar y, no pudiendo resistir tanto calor, se quitó la capa. El Viento del Norte reconoció que con su fuerza no había conseguido lo que el Sol, con su maña, sí.

El joven y el ladrón

Un muchacho que estaba sentado en el brocal de un pozo vio acercarse a un ladrón e imaginando sus intenciones fingió llorar amargamente.

–¿Por qué lloras así, muchacho? –le preguntó el caco.

–Porque he venido a sacar agua con un cántaro de plata y se me ha caído al pozo, y ahora no puedo sacarlo –contestó el joven.

Tan pronto como el ladrón oyó esto se quitó la ropa con toda rapidez y se dispuso a bajar al fondo del pozo para apoderarse del cántaro. Intento vano, pues, como es lógico, no había ningún cántaro de plata.

Mientras, el muchacho cogió las ropas del ladrón y echó a correr con ellas. De esta manera, el amigo de lo ajeno recibió una lección: fue por lana y volvió trasquilado.

El congreso de los ratones

En el viejo caserón todo era paz y tranquilidad. Los pequeños ratones que lo habitaban vivían felices y contentos sin que nadie los molestase. En la casa no había gato.

Pero un día, cuando los ratoncillos estaban en su pequeña y bien surtida despensa, se llevaron un gran susto. Por la puerta apareció un gato enorme, con una escoba en las manos y con cara de tener muy malas intenciones.

—¡Se acabó la buena vida,
pequeños!
—gritó el gato.

Desde la llegada del gato, la vida de los ratoncillos se convirtió en un continuo sobresalto. Cuando menos pensaban... ¡zas! aparecía el malvado gato con la escoba y... ¡a correr!

Ante la gravísima situación se celebró un congreso ratonil.

–Esto no puede seguir así –dijo uno.

–Desde que vino ese gato me estoy quedando en los huesos –dijo otro.

–Pues yo tengo la solución. Pondremos un cascabel al gato y así sabremos siempre cuándo se acerca. ¿Qué os parece?

La idea fue muy bien acogida. Todos pensaron que era la solución a sus problemas, pero uno de los ratoncillos preguntó:

–¿Quién le pone el cascabel al gato?

Después de muchas discusiones no hubo ningún valiente que se atreviera con semejante misión. Al día siguiente, todos decidieron buscar otra casa que estuviese vacía… ¡de gato!

Los muchachos y las ranas

Dos colegiales muy traviesos, en lugar de ir a la escuela, se entretenían cometiendo mil desatinos allá por donde iban.

Un día se acercaron a la orilla de un pequeño lago, donde unas ranitas disfrutaban del espléndido sol que hacía.

A uno de ellos se le ocurrió una malévola idea:

—Mira esas ranas. Vamos a divertirnos tirándoles piedras.

—¡Estupendo! —dijo el otro.

Los dos muchachos comenzaron su diversión y apedrearon sin piedad a las indefensas ranitas.

–¡Toma peladilla, rana tonta!

–¡No vamos a dejar ni una!

Las pobres ranitas, ante la lluvia de piedras
que se les venía encima, huyeron
despavoridas a buscar refugio
sin entender la crueldad de
la que hacían gala los
muchachos.

Suerte que pasaba por allí el maestro, quien reprochando la crueldad de los muchachos, se los llevó a la escuela y les impuso como castigo escribir mil veces: «Quien maltrata a un animal merece un castigo igual».

La lechera

Iba una muchachita al mercado a vender un cántaro de leche que le habían regalado. Caminaba feliz saludando a todos los animales que se encontraba por el camino.

–¡Qué bien! –se decía–, con el dinero que me den por la leche podré comprar muchos huevos, de los que saldrán cientos y cientos de pollitos.

–Esos pollitos cuando estén bien criados valdrán mucho dinero. Cuando los venda compraré un buen cerdo, al que engordaré con bellotas del campo.

–Y por ese cerdo tan hermoso me darán lo suficiente para comprar una hermosa vaca con su ternero; éste se irá haciendo grande y la vaca me dará leche sin cesar.

–Con la leche haré muchos quesos que venderé en el mercado y con todo el dinero que gane podré comprar...

Absorta en sus pensamientos, la lechera tropezó con una piedra y, ¡oh, desgracia!, el cántaro cayó y se hizo añicos, derramándose toda la leche por el camino. Por soñar tanto había perdido lo único que tenía realmente: ¡el cántaro de leche!

El cocinero y el perro

El perro de don Pascual invitó un día a su gran amigo Roky, un perrillo vagabundo, a un banquete que preparaba su amo, cocinero de una gran mansión de la ciudad.

El día en que se celebraba el gran banquete, don Pascual se afanaba en los preparativos de la comilona. A Roky se le hacía la boca agua viendo todas aquellas bandejas repletas de ricos manjares. Su amigo sonreía viendo la cara de satisfacción que tenía Roky.

–¡No voy a tener hambre durante un montón de días! –dijo Roky a su amigo.

–¡Y la envidia que van a tener tus compañeros después del banquete...!

Roky no podía creerse la suerte que tenía con la invitación de su amigo.

Pero cuando más entusiasmado estaba con sus pensamientos, don Pascual se percató de la presencia de los dos amigos.

—¿Qué hace aquí este perro vagabundo?

Ya en la calle, sus compañeros de aventuras acudieron a preguntarle por el banquete:
–¡Muy buena comida! ¡Estoy tan lleno que no puedo más! ¡Uf, qué hartura de comida!
El pobre Roky tuvo que disimular su hambre y su desengaño delante de sus amigos.

La cigarra y la hormiga

En pleno verano, cuando más calienta el sol, la hormiga trabajaba afanosamente recogiendo granos con los que llenar su despensa.

Mientras tanto, la alegre cigarra se pasaba el día recostada a la sombra de un árbol, sin otra preocupación que cantar sin parar.

Cuando la hormiga pasaba
cerca de la cigarra, ésta
siempre le repetía:
–¡No trabajes tanto, chica!
Haz como yo: diviértete y
disfruta de este sol tan
maravilloso.
La pequeña hormiga, sin
hacerle caso, seguía
con su trabajo.

Pasaron los días y llegó el crudo invierno. El sol dejó de calentar y las primeras nieves hicieron su aparición. La cigarra vagaba por los campos tiritando de frío y sin nada que llevarse a la boca.

Entonces se acordó de que la hormiga había estado todo el verano recogiendo comida para el invierno.

—Iré a su casa a pedirle que me dé algo de comer.

Cuando la cigarra llamó a la puerta para pedir algo de comida, la laboriosa hormiga le contestó:

–Si hubieras trabajado como yo durante el verano, ahora no carecerías de comida. Si tienes hambre y frío, canta y baila, a ver si así te lo quitas.

La cigarra aprendió la lección. Si llegaba al próximo verano, cantaría menos y trabajaría más.

Las gallinas gordas y las flacas

En el mismo corral vivían varias gallinas: unas estaban muy gordas y otras estaban muy flacas.

Las gallinas gordas estaban siempre felices y contentas sin querer saber nada de las flacas, y aprovechaban cualquier momento para burlarse de ellas llamándolas «flacas», «esqueléticas», «birrias», etc.

Pero un día, el amo deseaba preparar unos platos sabrosos para celebrar un banquete y entró en el gallinero para elegir unas cuantas.

Como era lógico, entre las gallinas gordas cundió el pánico pues el amo las consideraba más apetitosas que las flacas.

Al ver las gallinas gordas el fatal destino que
las aguardaba, envidiaron la buena suerte
que tenían sus compañeras flacas y se
arrepintieron de todas las burlas que
les habían hecho.

Ratón de campo y ratón de ciudad

Un ratón que habitaba en una mansión de la gran ciudad invitó a pasar unos días en su casa a un compañero que vivía en el campo.

Una vez dentro de la casa, fueron a la despensa
y el anfitrión le dijo a su amigo:
–¡Come cuanto quieras! ¡Como puedes
ver, aquí tenemos de todo!
El ratón de campo no podía
creerlo. Nunca había
visto tanta comida
junta, ni tan rica.

Apenas habían comenzado a comer, cuando de repente apareció un enorme gato que se lanzó sobre los dos ratoncillos, dispuesto a zampárselos de un solo bocado. Los ratoncillos salieron disparados buscando un sitio donde esconderse.

El ratoncillo de campo, con el susto en el cuerpo, preguntó a su amigo:

—¿E... es normal que cuando estés comiendo aparezca ese gato?

—Sí —contestó su compañero—. La verdad es que esto sucede a menudo. Hay que andar siempre con mucho cuidado si no quieres terminar en la barriga del gato.

El ratón de campo no se lo pensó. Recogió su maleta y se fue a su modesta casa.

–Más vale comer tranquilo un poco menos, que tantos manjares lleno de sobresaltos.

Y vivió feliz y contento con su pobreza.

El burrito y los libros

Al pequeño burrito no le gustaba nada estudiar. En lugar de ir a la escuela, como todos sus compañeros, se divertía dando paseos por el campo.

Un día se le ocurrió una idea:
—Aprender todo lo que está en los libros es muy difícil. Si me los comiera todos aprendería muchas cosas y no tendría que ir a la escuela.
Y ni corto ni perezoso se puso a engullir todos los libros sin dejar ni una página.

El burrito desde aquel momento se sintió sabio y orgulloso de todo el saber que había adquirido.

–Me acercaré a la escuela y haré una exhibición de todo lo que he aprendido delante de mis compañeros. No se lo van a creer.

En la escuela, sus compañeros esperaban con atención sus enseñanzas, pero cuando el burrito abrió la boca solo pudo soltar por ella un tremendo rebuzno.

Al oírlo, todos se burlaron del orgulloso burrito y lo echaron de la clase.

Después del ridículo que hizo delante de todos sus compañeros, el pequeño burrito comprendió que si quería saber muchas cosas tendría que hacer lo que todos sus amigos: estudiar mucho. Y desde ese día no volvió a faltar nunca a la escuela.

El león, el oso y el zorro

Caminaban juntos un oso y un león en busca de algo que comer, pues llevaban días sin probar bocado.

Al poco tiempo, encontraron a un cervatillo que se había perdido por el bosque. El oso y el león se pusieron a discutir para ver quién de los dos se lo llevaría.

Mientras el oso y el león se enzarzaban en una pelea, un astuto zorro que casualmente pasaba por allí, aprovechando que los dos amigos estaban entretenidos en sus disputas, atrapó tranquilamente al cervatillo y se alejó con él muy contento, dispuesto a darse el gran festín.

Cuando el oso y el león se dieron cuenta de la desaparición del cervatillo se lamentaron de su mutua desgracia y, mirándose el uno al otro, comentaron:

—¡Qué tontos hemos sido! Mientras nosotros nos peleábamos ha venido otro y se nos ha llevado la comida. La próxima vez, en lugar de discutir, compartiremos la pieza.

Los ladrones y el gallo

Un par de ladrones entraron en una casa dispuestos a robar todo lo que pudieran. Cuando estaban en ello, un gallo que allí había se puso a cantar y despertó a todo el mundo.

Los ladrones, sorprendidos, salieron disparados de la casa sin haber conseguido llevarse nada, salvo al indiscreto gallo, que, por haberles chafado el golpe, decidieron cargar con él para darle su merecido.

El gallo, viendo el triste final que se le acercaba, suplicó a los ladrones que le soltaran:

—Yo no tengo la culpa de vuestra mala suerte. Dejadme libre, que de poco puedo serviros, ya que en la casa no hago otra cosa que despertar a todo el mundo.

–¿Dejarte? –dijeron los ladrones muy enfadados–. Precisamente por lo que estás diciendo es por lo que vamos a comerte. ¿No ves, maldito gallo, que como tú despiertas a los amos no nos dejas robarles? El pobre gallo habló sin pensar y terminó sirviendo de cena a los amigos de lo ajeno.

El gato y el ratón

Un astuto gato, deseoso de comerse a un simpático ratoncillo, ideó una estratagema para conseguir, de una vez por todas, sus malvados fines.

Se acercó a la ratonera en la que vivían el ratoncito y su mamá, y le dijo con su voz más dulce y persuasiva:

—Ven, pequeñín. Te daré estas nueces y este queso tan apetitoso. Anda, no seas tonto y sal a comértelo todo.

El ratoncito preguntó a su madre:
—¿Voy a por las nueces y el queso, mamá?
—¡Ni se te ocurra, hijo mío! Es una trampa de ese gato que lo único que pretende es comerte.
Fue la sabia respuesta que le dio su mamá.

Pero en un descuido de la madre, el pequeño ratoncito salió corriendo de la ratonera y cayó en las garras del astuto gato.

−¡Ya eres mío, tierno ratoncillo! −dijo el gato relamiéndose de gusto.

−¡Socorro, mamá, socorro! ¡Que me come el gato!

La madre salió en ayuda de su hijito y, dándole un tremendo mordisco en el rabo al gato, consiguió que soltara al ratoncillo. Por esta vez, la madre pudo salvarle de las garras del astuto gato. El ratoncito, después de ese terrible susto, aprendió que siempre hay que hacer caso a los padres.

El ratoncito vanidoso

Queriendo parecer más guapo, un ratón, que era muy vanidoso y presumido, se dejó crecer el rabo desmesuradamente. Sus amigos le decían:
–Algún día ese rabo tan largo te dará un disgusto. ¡Ya lo verás!

El ratoncillo estaba tan satisfecho de su singular rabo que no prestaba atención a lo que le decían y se pasaba el día fuera de la ratonera presumiendo ante todo el mundo, con palabras como éstas:

—No tengáis envidia de mi cola, hombre; pero no os acerquéis mucho, no sea que me vayáis a pisar.

Un día, mientras daba un paseo fuera de la ratonera, llegó el gato. El vanidoso ratoncillo, viendo el peligro que se le acercaba, escapó a toda velocidad hacia la ratonera, pero, como tenía el rabo tan largo, el gato lo atrapó por el extremo de la cola.

El gato se llevó al vanidoso ratoncillo para dar buena cuenta de él. Sus compañeros se lamentaban de la desgracia de su amigo, y de lo tonto que había sido al no escuchar los buenos consejos que le daban.

El burrito y el caballo

Seguidos por su amo, iban un burrito y un caballo por un camino. El caballo no llevaba carga alguna, pero la del burrito era tan pesada que apenas podía andar.

El burrito le rogó a su compañero que le ayudase a llevar la pesada carga. El caballo, que era egoísta y comodón, no le quiso prestar ayuda y encima se rió de la mala suerte del pequeño burrito.

El pobre burrito no pudo más. Jadeante y sin aliento, cayó sobre la arena del camino.
En vano intentó el amo que el burrito se pusiera en pie. El pobre animal no podía dar ni un paso más.

La solución que encontró el amo fue cargar el caballo con la carga que llevaba el burrito y además, con el burrito. De esta manera, el caballo, que no había querido auxiliar a su compañero, se vio obligado a llevar todo el peso.
Eso por ser egoísta y comodón.

La gallina y el zorro

Un astuto zorro, deseando saciar su hambre, se metió en un gallinero en busca de alguna buena pieza que llevarse a la boca.

Descansando sobre un madero cerca del techo había una hermosa gallina. El zorro, al ver que no podía alcanzarla, decidió poner en juego toda su astucia.

Con su voz más amable y persuasiva le dijo:

–¡Gallinita querida, preciosa! Me han dicho que estás enferma, y por eso he venido a visitarte. Baja, que te voy a tomar el pulso, a ver si ya estás mejor.

–Es usted muy amable, amigo zorro –respondió la gallina–. La verdad es que no me encuentro muy bien, pero estoy segura de que enfermaría de muerte si me pusiera al alcance de sus dientes. ¡Así que déjeme tranquila y lárguese de aquí!

El astuto zorro se tuvo que marchar con el rabo entre las piernas y las tripas vacías. La gallina no era tonta y sabía que: «Nunca te debes fiar de quien te halaga sin cesar».

La liebre y la tortuga

Una pequeña tortuguita tenía que soportar siempre las burlas que le lanzaba la presumida liebre.

—No corras tanto, chica, que te vas a pasar el límite de velocidad.

¡Ja, ja, ja, ja!

Un día, harta de tantas burlas, la desafió a correr para ver cuál de las dos llegaba primero a la meta. A la liebre le hizo mucha gracia el atrevimiento de la tortuga y aceptó la apuesta.

Cuando dieron la salida, la liebre salió veloz como una flecha dejando a la pobre tortuga envuelta en una nube de polvo.

–¡Nos vemos en la meta, tortuguita! –le gritó la liebre.

Confiando en su ligereza, la liebre decidió parar en casa de un amigo a charlar un rato, comer alguna zanahoria y echar una siestecita. Tenía tiempo más que de sobra.

Mientras, la lenta tortuga, poco
a poco y sin parar un momento,
siguió su lento andar
acercándose cada vez más
a la línea de meta.

Cuando la liebre se despertó salió disparada hacia la meta, pero era demasiado tarde. Había dormido tanto que la lenta tortuga, pasito a pasito, estaba en la línea de meta y había ganado la carrera.

Todos sus amigos celebraron la constancia de la pequeña tortuguita.

El astuto zorro se tuvo que marchar con el rabo entre las piernas y las tripas vacías. La gallina no era tonta y sabía que: «Nunca te debes fiar de quien te halaga sin cesar».

dice

ÍNDICE